un tout nouveau père Noël!

Patricia Rae Wolff ✳ illustrations de Lynne Cravath

texte français d'Hélène Pilotto

Éditions SCHOLASTIC

D0517017

À ma mère, avec amour et câlins.
– P.R.W.

À Jesse et Emily, avec amour!
– L.C.

Copyright © Patricia Rae Wolff,
2002, pour le texte. Copyright © Lynne
Cravath, 2002, pour les illustrations. Copyright
© Éditions Scholastic, 2003, pour le texte français.
Tous droits réservés.

Il est interdit de reproduire, d'enregistrer ou de diffuser en tout ou en
partie le présent ouvrage, par quelque procédé que ce soit, électronique,
mécanique, photographique, sonore, magnétique ou autre, sans avoir obtenu au
préalable l'autorisation écrite de l'éditeur. Pour toute information concernant les
droits, s'adresser à Scholastic Inc., 557 Broadway, New York, NY 10012.

Catalogage avant publication de la Bibliothèque nationale du Canada

Wolff, Patricia Rae
Un tout nouveau père Noël! / Patricia Rae Wolff; illustrations de Lynne Cravath;
texte français de Hélène Pilotto.

Traduction de: A new improved Santa.
ISBN 0-439-96999-9

I. Cravath, Lynne Woodcock II. Pilotto, Hélène III. Titre.

PZ23.W65To 2003   j813'.54   C2003-901562-9

Édition publiée par les Éditions Scholastic, 175 Hillmount Road,
Markham (Ontario) L6C 1Z7.

5 4 3 2 1   Imprimé au Canada   03 04 05 06

C'est le matin de Noël. Au pôle Nord, le père Noël s'examine dans le miroir.

— Les cheminées m'ont paru plus étroites cette année. J'ai dû grossir. Et puis, ma tenue est démodée et mon rire est ennuyant... Ma résolution du nouvel An, cette année, est de me transformer en un tout nouveau père Noël.

La mère Noël hoche la tête et s'assoit dans sa chaise pour lire.

— Oui, mon chéri, murmure-t-elle.

En **JANVIER**, le père Noël se met au régime. Il mange de la salade.
Il mange des fibres. Il grignote des bâtonnets de carottes et des galettes
de riz soufflé, le tout servi avec du tofu.

— Regarde-moi : un tout nouveau père Noël *aminci*! dit-il.

— Presque maigrichon, répond la mère Noël avec un regard rieur.

Et elle fait disparaître de la cuisine les derniers biscuits de Noël.

En **FÉVRIER**, le père Noël se met en forme. Il saute.

Il court.

Il fait des redressements assis. Il s'exerce à toucher ses orteils (bon, disons ses genoux).

— Regarde-moi : un tout nouveau père Noël *musclé*! dit-il.

— Très impressionnant, répond la mère Noël. Je vais monter ces trucs dans ton atelier.

Et elle s'empare des haltères de son mari pour les placer sur le panier de boîtes qu'elle transporte.

En **MaRS**, le père Noël change de tête. Il se teint d'abord en roux.

Puis il teint ses cheveux en noir.

Enfin, il les coupe, les hérisse et les vaporise de fixatif.

— Regarde-moi : un tout nouveau père Noël *rajeuni*! s'exclame-t-il.

— Tout à fait dans le vent, répond la mère Noël en essayant de ne pas rire pendant qu'elle enlève les poils multicolores des épaules de son mari.

En **aVRIL**, le père Noël change de vêtements.

Il essaie le style hippie.
Il essaie le style cuir.

Il essaie le style western, le style rétro et le style décontracté.

— Voici le tout nouveau père Noël *dernier cri*! lance-t-il.

— Vraiment élégant, répond la mère Noël en plissant les yeux, alors qu'elle ajuste la grosse cravate rose vif du père Noël.

En **Mai**, **Juin**, et **Juillet**, le père Noël change de lunettes, de chapeau et de chaussures.

En **AOÛT**, le père Noël change de rire. Son traditionnel
« Ho! Ho! Ho! » devient une suite de « Ouais! », de « Cool! »
et de « Yo! ».

— Voici quelque chose qui pourrait vous être utile, glousse
la mère Noël en distribuant des cache-oreilles à tous les lutins.

En **SEPTEMBRE**, le père Noël reçoit les premières lettres des enfants.

— Un père Noël branché utilise les nouvelles technologies, dit-il en installant l'ordinateur.

Il copie des lettres. Il compile des listes. Il tape, clique et double-clique.

— C'est moi, le tout nouveau *cyber*-père Noël, clame-t-il... juste avant que son ordinateur tombe en panne. Oh non! soupire le vieil homme.

— Ne t'en fais pas, dit la mère Noël.
Elle ouvre la porte du placard.
— J'ai conservé toutes les lettres dans des boîtes,
comme dans le bon vieux temps!

En **OCtOBRe** , le père Noël remise son traîneau.

Il essaie un hélicoptère.

Il essaie une camionnette.

Il essaie une motocyclette,

une motoneige

et un avion.

Enfin, il arrête son tout nouveau véhicule devant la maison
et appelle la mère Noël.

— Regarde-moi ça, dit-il.

— Vraiment innovateur, dit-elle avant de filer à l'étable
pour faire reluire le vieux traîneau, afin de rassurer les rennes.

En **NOVEMBRE**, le père Noël
se prépare pour son premier défilé.
Il hérisse ses cheveux noirs.
Il cire sa moustache rousse.
Il tresse sa barbe.

Il enfile sa chemise à motif
psychédélique, son complet
à carreaux bien ajusté et ses
bottes de cow-boy à talons hauts.

Puis il grimpe à bord de son polycoptère rouge vrombissant et...

...s'envole en saluant de son chapeau.

— Voici le tout nouveau père Noël! claironne-t-il en filant
à la rencontre des enfants.

Mais aucun sourire ni cri de joie ne souligne son arrivée.
Certains enfants froncent les sourcils, d'autres boudent.

Il y a même une fillette qui se met à pleurer en criant :

— Où est le vrai père Noël?

La plupart des autres enfants restent plantés là, surpris, déçus et franchement mécontents.

C'est un père Noël abattu et découragé qui rentre au pôle Nord.
— Les enfants n'aiment pas le tout nouveau père Noël, soupire-t-il.

La mère Noël referme son livre.

— Dans ce cas, mettons-nous au travail, dit-elle en lui tendant
un lait de poule fouetté super-énergisant.

Ils reteignent ses cheveux, sa barbe
et sa moustache en blanc.

Ils ressortent ses vieux habits et ses bottes.

Ils ne ménagent aucun effort :
le vieil homme doit retrouver
son ancienne apparence
à temps pour Noël!

La VEILLE DE NOËL, le père Noël grimpe dans son bon vieux traîneau, vêtu de ses bons vieux habits.
— Regarde-toi : un tout nouveau père Noël, lui dit la mère Noël en l'embrassant avant son départ.

— Je n'ai rien de nouveau, répond le père Noël. Je suis comme avant.

— Oh non, tu es différent, dit-elle en souriant. Tu es plus *sage* qu'avant!